P9-EMQ-572

THE TALE OF THE LUCKY CAT

Cuento del Gato de la Suerte

Retold and illustrated by
Relatado e ilustrado por

SUNNY SEKI

East West Discovery Press 
Manhattan Beach, California

This book is dedicated to my parents, brother, wife, nine children, and our cat.
- S.S

Published by:
East West Discovery Press
P.O. Box 3585, Manhattan Beach, CA 90266
Phone: 310-545-3730, Fax: 310-545-3731
Website: www.eastwestdiscovery.com

Written and illustrated by Sunny Seki
Spanish translation by Translations.com
Spanish proofreading by Luzelena Rodriguez
Edited by Marcie Rouman
Book production by Luzelena Rodriguez
Production management by Icy Smith

Library of Congress Cataloging-in-Publication Data

Seki, Sunny, 1947-
[Tale of the lucky cat. English & Spanish]
The tale of the lucky cat / retold and illustrated by Sunny Seki = Cuento del gato de la suerte / relatado e ilustrado por Sunny Seki. -- 1st bilingual English and Spanish ed.
p. cm.
Summary: A humble toymaker is rewarded for helping an injured cat in this story that explains the origin of the maneki neko, or lucky cat statues that are popular throughout Japan for spreading good fortune.
ISBN 978-0-9669437-9-5 (hardcover : alk. paper) [1. Folklore--Japan. 2. Cats--Folklore. 3. Spanish language materials--Bilingual.] I. Title. II. Title: Cuento del gato de la suerte.
PZ73.S435 2007
398.2--dc22
[E]

2007039476

ISBN-13: 978-0-9669437-9-5 Hardcover
First Bilingual English and Spanish Edition 2008
Printed in China
Published in the United States of America

The Tale of the Lucky Cat is also available in English only and eight bilingual editions including English with Arabic, Chinese, Hmong, Japanese, Korean, Spanish, Tagalog and Vietnamese.

Japanese Glossary / Glosario de las palabras japonesas:

Tama: A round object / objeto redondo
Sensei: A respectful word for teacher / forma respetuosa de dirigirse a un maestro
Osho: Leader of a Buddhist temple / dirigente de un templo budista
Osho-san: The respectful and friendly way to address the *osho* / forma respetuosa y amable de dirigirse al *osho*
Kokoro: The mind or spirit of a living thing / la mente o el espíritu de un ser viviente
Maneki: Inviting or beckoning / algo invitador, que llama
Neko: Cat / gato

A long time ago in Japan, there lived a toymaker named Tokuzo. He was a kind young man who traveled from village to village to sell his toys at festivals.

Hace muchos años, vivía en Japón un fabricante de juguetes llamado Tokuzo. Era un hombre joven y amable que viajaba de pueblo en pueblo para vender sus juguetes en las fiestas.

Children liked his toys. Still, Tokuzo was making barely enough money to survive. “Someday,” he thought, “I’ll create something so unique that everyone will want to have it.”

A los niños les encantaban sus juguetes. Pero Tokuzo apenas ganaba el suficiente dinero para sobrevivir. “Algún día”, pensó, “voy a inventar algo tan especial que todos lo van a querer”.

The next festival was big, and Tokuzo knew that he would be able to sell a lot of toys there. So he was in a hurry to get the best place. He started on his journey, but had no idea that soon his life was about to change.

Se aproximaba una fiesta importante, y Tokuzo sabía que allí podría vender muchos juguetes. Quería llegar pronto para conseguir el mejor lugar. Emprendió el viaje, sin imaginarse que su vida estaba a punto de cambiar.

He had just entered a small village, when suddenly a frightened cat darted past him. It was being chased by a growling dog.

"Oh, no! Stop!" Tokuzo screamed because he saw an express-delivery horse speeding in their direction. He stood helplessly as the horse hit the cat.

Acababa de llegar a un pequeño pueblo, cuando, de repente, un gato asustado pasó corriendo frente a él. Lo perseguía un perro furioso.

—¡Oh no! ¡Detente! —gritó Tokuzo. Había visto que un caballo del correo se dirigía a toda prisa hacia ellos. Se quedó parado sin poder hacer nada mientras el caballo chocaba contra el gato.

The accident happened so quickly that the townspeople did not notice the cat at all. But Tokuzo saw that it had been badly hurt.

"Maybe I can save it. It's still breathing," he said. He quickly found an inn, and carried the cat inside.

El accidente ocurrió tan rápido que la gente del pueblo no alcanzó a ver al gato. Pero Tokuzo se dio cuenta de que estaba gravemente herido.

"Quizá pueda salvarlo. Aún respira", se dijo. Rápidamente encontró una posada y llevó allí al gato.

That night, Tokuzo stayed up late. He wrapped the cat's broken leg and made sure that the bed was warm and clean. "I'll name you 'Tama' – just like the round bell you are wearing," said Tokuzo.

Esa noche, Tokuzo se quedó despierto hasta tarde. Envolvió la pata rota del gato y se aseguró que la cama estuviera calentita y limpia. —Te llamaré "Tama", tal como el cascabel que llevas en el cuello —dijo Tokuzo.

The next morning, Tama opened its eyes and seemed to smile.

"Good, Tama. I am so relieved. Today is the big festival, but I'm going to stay behind in this small town with you instead. I want to be sure that you get well."

A la mañana siguiente, Tama abrió los ojos y parecía estar sonriendo.

—Bien, Tama, estoy muy contento de verte mejor. Hoy es la gran fiesta, pero me quedaré en este pueblito contigo. Quiero asegurarme de que te cures.

The following day, Tokuzo was able to sell a few toys to the village children. With the little money he earned, he bought two fish: one for himself, and one for Tama. "Tonight we'll celebrate!" he thought.

He returned to the inn and opened the door. "Tama…" he called. However, when he lit the candle, he discovered that Tama had died.

Al día siguiente, Tokuzo pudo vender unos cuantos juguetes a los niños del pueblo. Con el poco dinero que había ganando, compró dos pescados: uno para él y otro para Tama. "Hoy celebraremos", pensó.

Regresó a la posada y abrió la puerta. —Tama… —llamó. Sin embargo, cuando encendió la vela, descubrió que Tama había muerto.

The next morning, Tokuzo buried Tama in a grave overlooking the broad countryside. His heart was heavy with grief as he said goodbye.

A la mañana siguiente, Tokuzo enterró a Tama en un lugar con vista a la extensa campiña. Tenía el corazón adolorido al despedirse.

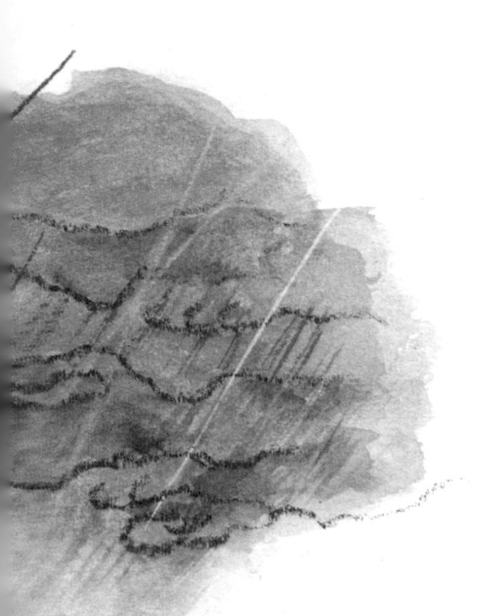

The big festival was almost over, but Tokuzo still had time. So he continued on his journey. Suddenly the sky grew dark. Rumbling thunder warned that a rainstorm was coming fast.

La gran fiesta casi había terminado, pero Tokuzo aún tenía tiempo. Así que continuó su viaje. De repente, el cielo se puso negro. El estruendo de los relámpagos advertía que la tormenta se acercaba rápidamente.

He quickly ran to the closest tree for cover. The rain started to pour harder and harder.

Corrió de prisa hacia el árbol más cercano para protegerse. La lluvia comenzó a caer más y más fuerte.

As Tokuzo wiped his face, he noticed a cat meowing by the temple gate. It seemed to be inviting him to come inside! Surprisingly, this cat looked like Tama, who had died just the day before.

Mientras Tokuzo se secaba la cara, notó que un gato maullaba cerca de la entrada del templo. ¡Parecía que lo estaba invitando a entrar! Sorprendentemente, este gato se parecía a Tama, que justo había muerto el día anterior.

Tokuzo forgot about the rain. He ran toward the cat. "Tama, Tama… is that you? What are you doing here? I thought you died!" He had almost touched the cat, when suddenly…

Tokuzo se olvidó de la lluvia. Corrió hacia donde estaba el gato.
—Tama, Tama ¿eres tú? ¿qué haces aquí? ¡Pensé que habías muerto!
—Casi había tocado al gato, cuando de repente…

BAM! There was a huge explosion of light and sound. He turned around and gasped. The pine tree that had protected him from the rain had been split in half by a powerful bolt of lightning!

¡BAM! Hubo una gran explosión de luz y sonido. Volteó y se quedó sin aliento. ¡El pino que lo había protegido de la lluvia había sido partido en dos por un poderoso rayo!

Tokuzo told everyone how a mysterious cat had saved him. The people were amazed at this story. They could not believe it. "How can cats know that lightning is going to strike? And if cats are dead, how can they call you?"

Tokuzo did not know how to answer. "I am sure that cat saved my life, but I have no way to prove it to you."

The *Osho-San* was listening carefully at the temple. "Maybe there is some truth here that we cannot explain. Tokuzo, please spend the night with us at the temple so that we can talk about it."

Tokuzo le contó a todos cómo un misterioso gato lo había salvado. La gente estaba asombrada con esta historia. No podían creerlo. —¿Cómo puede saber un gato que caerá un rayo? Y si el gato está muerto, ¿cómo puede llamarte?

—Tokuzo no sabía qué responderles. —Estoy seguro de que ese gato salvó mi vida, pero no tengo manera de probarlo.

El *Osho-San* lo estaba escuchando atentamente desde el templo. —Quizá haya aquí un algo de verdad que no podamos explicar. Tokuzo, por favor, quédate esta noche con nosotros en el templo para que podamos conversar sobre esto.

He went to the meditation garden to think. “I was saved by Tama, and the people didn’t believe it. What am I supposed to do next? I should create a statue of this cat,” he thought, “so everybody can share my good luck.”

He asked the *osho-san* for advice. “Let me introduce you to Old Master Craftsman. His daughter takes care of him because he is not well. But he is wise, and will tell you what you should do.”

El se dirigió al jardín de meditación para pensar. “Tama me salvó, pero la gente no lo cree. ¿Qué se supone que debo hacer ahora? Debería hacer una estatua de este gato”, pensó. “Así, todos podrán compartir mi buena suerte”.

Le pidió al *osho-san* que lo aconsejara. —Te voy a presentar al gran maestro artesano. Ahora lo cuida su hija porque está enfermo. Pero es muy sabio y te dirá lo que debes hacer.

Old Master Craftsman was not feeling well, but he was happy to give Tokuzo some advice. “Clay is the best material for your statues, and my workshop has everything you will need. You are welcome to stay there. Unfortunately, you’ll have to work by yourself, because I am too sick to help you.”

El gran maestro artesano no se sentía bien, pero estaba feliz de ofrecer sus consejos a Tokuzo. —La arcilla es el mejor material para hacer tus estatuas. En mi taller encontrarás todo lo que necesitas. Te puedes quedar allí. Lamentablemente, tendrás que trabajar tú solo, yo estoy muy enfermo y no puedo ayudarte.

Tokuzo opened the workshop door. Where could he begin? Tools and supplies were everywhere! He felt lost, but at the same time very excited.

Tokuzo abrió la puerta del taller. ¿Por dónde empezar? ¡Había herramientas y utensilios por todos lados! Se sentía perdido, pero también lleno de entusiasmo.

He started to follow Old Master's directions. First, he had to mix the clay.

Comenzó por seguir las instrucciones del gran maestro. Primero, tenía que mezclar la arcilla.

Then, he had to form it into the shape of a cat. "These don't look like cats at all!" he told himself.

Luego, tenía que darle forma gato. "¡Estos no parecen gatos para nada!", se dijo a sí mismo.

Next, the clay had to be baked so that it could harden. But to start a fire, first wood had to be cut. This was much more work than he had expected.

Luego, tenía que hornear la arcilla para que se endureciera. Pero para encender el fuego, primero había que cortar leña. Esto era mucho más trabajoso de lo que había pensado.

Finally, the clay was baked! Tokuzo reached for the oven door, and peered down at his work. He couldn't believe his eyes. "Look at my cats! What did I do wrong?" His carefully formed statues had cracked and shattered into pieces.

Finalmente, la arcilla quedó cocida. Tokuzo se asomo a la puerta del horno y miró detenidamente su trabajo. No podía creer lo que estaba viendo. —¡Mis pobres gatos! ¿Qué fue lo que hice mal? Las estatuas que tan cuidadosamente había moldeado se habían agrietado y se habían hecho pedazos.

He brought his work to Old Master Craftsman. “This can be a nice-looking cat, young man. But you did not mix the clay well, and the fire was too hot,” he said.

Tokuzo would not give up. He needed more firewood, so he went back to the tree that had been struck by lightning. He started over again, and worked day and night.

Le llevó su trabajo al gran maestro artesano. —Este podría haber sido un hermoso gato, jovencito, pero no mezclaste bien la arcilla, y el fuego estaba demasiado caliente —le dijo.

Tokuzo no se iba a dar por vencido. Necesitaba más leña, así que se dirigió nuevamente al árbol que había sido derribado por el rayo. Comenzó todo nuevamente y trabajó día y noche.

One fine morning, Old Master was feeling a little better, and he came out to watch. He was impressed by Tokuzo's determination. "Your cats are looking much better. Now, why don't you make the arm swing by hiding a weight inside the body?" he asked. "The cleverest ideas are often hidden behind what the eye can see."

Tokuzo jumped up, amazed. "Yes! That will make the cat seem more alive. Thank you so much, *Sensei*!" Now Old Master started to get excited, too.

Una bella mañana, el gran maestro se sentía un poco mejor y salió a observar. Estaba impresionado por el empeño de Tokuzo. —Tus gatos se ven mucho mejor. Ahora, ¿por qué no haces que el brazo pueda balancearse? Ponle una pequeña pesa oculta dentro del cuerpo. Las ideas más ingeniosas a veces están ocultas más allá de lo que los ojos pueden ver.

Tokuzo se levantó de un salto, asombrado. —¡Sí! Eso hará que el gato parezca más real. ¡Muchas gracias, *Sensei*! El gran maestro también comenzaba a entusiasmarse.

A few weeks later, Tokuzo perfected his cat. “Look, everyone! I did it! My dream has finally come true!”

Old Master Craftsman came running from his bed. “Good job! You did it!” he exclaimed.

His daughter was cheering, too. “How wonderful! My father is running without his cane! Tokuzo, your cat has chased his pain away!”

Unas semanas más tarde, Tokuzo perfeccionó su gato. —¡Miren todos! ¡Lo logré! ¡Al fin mi sueño se ha hecho realidad!

El gran maestro artesano llegó corriendo desde su cama. —¡Buen trabajo! ¡Lo has logrado! —exclamó. Su hija también estaba feliz. —¡Qué maravilloso! ¡Mi padre está corriendo sin el bastón! Tokuzo, ¡tu gato le ha ahuyentado el dolor!

It happened that Old Master's daughter was a talented painter. So she helped decorate the statues. "This cat has a whole new life of its own!" Tokuzo was thrilled. They named the cat *Maneki Neko,* which means "The Cat That Invites Good Luck."

Y ocurrió que la hija del gran maestro era una pintora muy talentosa, así que le ayudó a decorar las estatuas. —¡Este gato tiene una nueva vida propia! —Tokuzo estaba emocionado. Llamaron al gato *Maneki Neko,* que significa "el gato que trae buena suerte".

Soon, *Maneki Neko* statues spread all over Japan, and everybody wanted to have one. As time passed, people started to say that a raised right paw brings fortune, and a raised left paw brings happiness and good luck.

Pronto, las estatuas de *Maneki Neko* recorrieron el Japón. Todo mundo quería tener una. Con el tiempo, la gente comenzó a decir que un gato con la pata derecha levantada traía fortuna, mientras que uno que levantaba la izquierda traía felicidad y buena suerte.

"*Osho-san*, did Tama really die?" Old Master asked.

"Well, the body can die, but the *kokoro* lives forever. Therefore, Tama can always remain in our hearts."

This story of the *Maneki Neko* reminds us that what we do is the cause of tomorrow. Even a tiny kitten might remember what we do. And it might even save our life. Or it might just be a friend forever and ever.

—*Osho-san*, ¿Tama murió de verdad? —le preguntó Tokuzo al Gran maestro.

—El cuerpo puede morir, pero el *kokoro* vive para siempre. Por eso, Tama puede permanecer en nuestros corazones por siempre.

Esta historia del *Maneki Neko* nos recuerda que lo que hacemos hoy es la razón de lo que pasa mañana. Incluso un pequeño gatito puede recordar nuestros actos, salvarnos la vida o ser nuestro amigo para siempre.